LEONES, LEOPARDOS Y TORMENTAS, ¡QUE COSA!

Escrito por Heather L. Beal
Ilustrado por Jubayda Sagor
Editor de Traducción - Ivonne Pereira

Mucho amor y aprecio a mi familia, especialmente a mi esposo, quien me apoya sin importar el clima.

Leileiana y Nickolai, como siempre, los amo a los dos y estoy agradecida por haberme enseñado como ser una mejor persona.

Para todos los niños, quiero inclinar las probabilidades a SU favor. Espero que este libro les ayude a ser más fuerte a través de la lectura.– Heather

TRAIN 4 SAFETY PRESS
BREMERTON, WA

ISBN 978-0-9987912-6-5 (libro en rústica)
ISBN 978-0-9987912-7-2 (tapa dura)
ISBN 978-0-9978912-8-9 (libro electrónico)
ISBN 978-1-947690-08-0 (libro electrónico -Español)
ISBN 978-1-947690-07-3 (libro en rústica-Español)

Número de control de la Biblioteca del Congreso: 2018903174
Datos de catalogación en la publicación del editor

Nombres: Beal, Heather L., autor. I Sagor, Jubayda, ilustrador.
Título: Leones, Leopardos Y Tormentas, ¡Que Cosa! / escrito por Heather L. Beal ; ilustrado por Jubayda Sagor.
Descripción: Bremerton, WA: Train 4 Safety Press, 2018.
Identificadores: ISBN 978-0-9987912-6-5 (paperback) I 978-0-9987912-7-2 (Hardcover) I 978-0-9978912-8-9 (ebook) I LCCN 2018903174
Resumen: Lily y Niko están en su clase de cuidado de niños cuando el clima cambia y una tormenta eléctrica ocurre. Aprenden acerca de los fenómenos meteorológicos severos y qué condiciones pueden traer estos eventos.
Temas: LCSH Tormentas eléctricas -- Ficción juvenil. I Lluvia -- Ficción juvenil. I Tormentas -- Ficción juvenil. I Relámpagos -- Ficción juvenil. I BISAC FICCIÓN JUVENIL / Naturaleza y el Mundo Natural / Clima
Clasificación: LCC PZ7.B356835 Lio 2018I DDC [E]--dc23

"¿Qué fue eso? ¿Es un terremoto?" preguntó Lily.

Ciena levantó la vista. "El cielo se ve oscuro.
No me gusta."

La Srta. Mandy dirigió a los niños hacia la puerta. "Eso fue un trueno. Todos adentro, por favor."

Justo cuando entraron, hubo un destello brillante. Después un trueno sacudió las ventanas mientras la lluvia caía a borbotones.

Dylan saltó de su asiento. "¿Eso fue un relámpago?"

Lily levantó su mano. "¿Por qué no podemos salir afuera si hay truenos o relámpagos?"

"¿Puede hacer que pare la lluvia?" preguntó Ciena, mirando nerviosamente hacia la ventana.

"No, no puedo Ciena, y no es seguro jugar afuera cuando hay truenos o relámpagos," dijo la Srta. Mandy. "Clase, el padre de Roman está aquí para hablar con nosotros sobre el clima. Él es un meteorólogo."

"¿Qué es un me-teo-rol-ogo?" preguntó Dylan.

"¿Es un tipo de dinosaurio?" preguntó Niko.

El padre de Roman se rió.

"Un meteorólogo es alguien que estudia el clima y ayuda a las personas saber qué esperar."

El Sr. Mapache señaló hacia afuera.

"Esto es lo que llamamos una tormenta eléctrica. Es un tipo especial de tiempo severo."

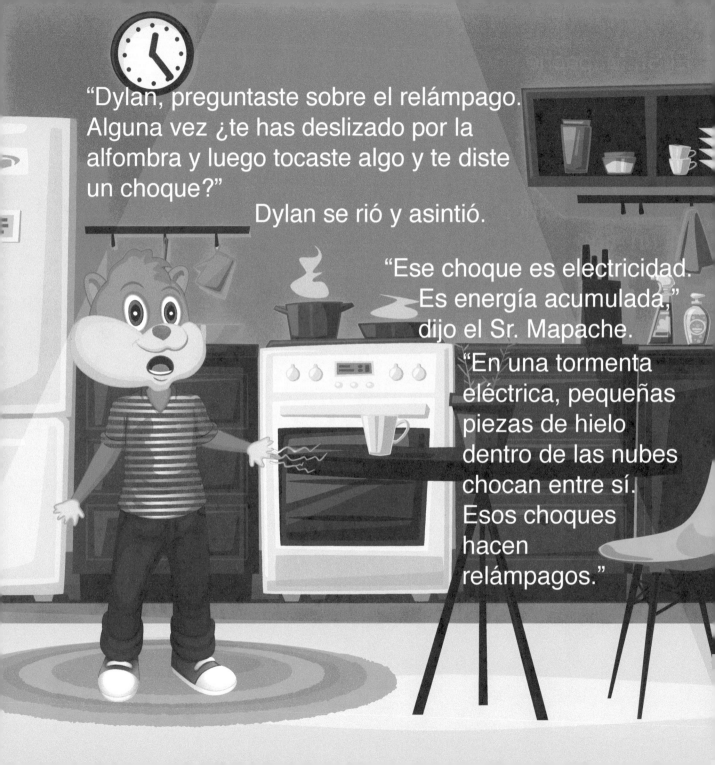

"Dylan, preguntaste sobre el relámpago. Alguna vez ¿te has deslizado por la alfombra y luego tocaste algo y te diste un choque?"

Dylan se rió y asintió.

"Ese choque es electricidad. Es energía acumulada," dijo el Sr. Mapache.

"En una tormenta eléctrica, pequeñas piezas de hielo dentro de las nubes chocan entre sí. Esos choques hacen relámpagos."

"¿Alguien sabe qué es un trueno?" preguntó el Sr. Mapache.

Los niños negaron con la cabeza.

"Bueno, ese tipo de rugido de león que escucharon se llama un trueno. En realidad es el sonido de un relámpago."

La cara de Lily se desconcertó. "¿El sonido de un relámpago?" El Sr. Mapache asintió.

"La ciencia nos enseña que la luz viaja más rápido que el sonido. Así que vemos el relámpago antes de escuchar un trueno. El trueno es un poco lento."

"Un poco como tú en la mañana, Lily," bromeó Niko.

Lily sacó su lengua.

"¿Por qué es tan ruidoso?" preguntó Ciena.
"¿Está enojado?"

"No, Ciena, no está enojado.
El trueno es ruidoso porque
el relámpago se mueve
rápidamente o porque el
relámpago está cerca."

"¿Los aviones o los trenes parecen más ruidosos que los automóviles?" preguntó el Sr. Mapache. Todos asintieron.

"Eso es porque lo más rápidamente que algo se mueva, más fuerte suena.

Y recuerden, las cosas más cercanas a nosotros también suenan más fuerte que las cosas lejanas."

Lily levantó su mano de nuevo. "Entonces, ¿por qué no podemos ir afuera?"

"El relámpago es electricidad, Lily," dijo el Sr. Mapache. "Y, así como no jugaríamos con una tomacorriente, no jugaríamos en una tormenta. Hay que meterse dentro de un auto o en un edificio tan pronto como se vea el relámpago, o tan pronto como se escuche el trueno."

"¿Qué más deberíamos saber sobre las tormentas?" preguntó la Srta. Mandy.

El Sr. Mapache fue a la pizarra y dibujó círculos de tamaños diferentes. "Las tormentas también pueden traer granizo o vientos fuertes."

"¿Qué es granizo?" preguntó Niko.

"Piensa en el granizo como lluvia de hielo. Puede ser pequeño, como una piedrita, o puede ser grande, como una bola de golf," dijo el Sr. Mapache.

El Sr. Mapache sonrió cuando Niko fingió cubrirse la cabeza.

"Y no olviden los vientos de tormenta pueden causar daño y lanzar cosas."

"Entonces, ¿qué deberíamos hacer durante las tormentas?" preguntó Lily.

"Lo mejor que se puede hacer durante una tormenta es es meterse adentro rápidamente," dijo la Srta. Mandy.

"Tengo una canción para ayudarnos todos a recordar. Señor Mapache, ¿le gustaría cantar con nosotros?"

El Señor Mapache dejó la tiza. "Me encantaría."

"Si hay relámpagos en el cielo y truenos como león,

adentro es donde hay que jugar.

Si llueve y cae granizos
y el viento sopla fuerte,

adentro es donde
hay que estar."

Los niños cantaron y se rieron del baile chistoso del Sr. Mapache.

"Voy a ser un meteorólogo cuando yo sea grande," dijo Roman mientras se despedía de su padre. "Me gusta ayudar a las personas para que estén seguras."

"Hagamos tarjetas para mostrarles a nuestras familias cómo se queden seguras también," sugirió Lily.

En poco tiempo, todos los niños tenían tarjetas de seguridad de tormentas para llevar a casa y compartir.

CPSIA information can be obtained
at www.ICGtesting.com
Printed in the USA
BVHW022352231121
622306BV00002B/12